當代詩大系 18

不識愁與識盡愁集

智圓 著

博客思出版社

自序

余幼好古詩詞。詩必稱李杜，詞但言蘇辛。稍長，讀百家詩。上獵《詩》、《騷》，兼《漢魏》，下及唐詩宋詞。嘗嘆曰：牡丹固國色也！桃李之艷，梅菊之高，蘭幽蓮清，亦足賞心悅目矣。

稼軒《醜奴兒》云：少年不識愁滋味，愛上層樓，愛上層樓，為賦新詞強說愁。爾今識盡愁滋味，欲說還休，欲說還休，卻道天涼好個秋。

自余冠後，情思漸長，發為詩詞。想當年，見花落，遂傷春，看葉下，就悲秋。余豈真知愁苦的滋味。去國後，顛沛失意，余實嘗盡百般的苦楚。遂定集名曰〈不識愁集〉和〈識盡愁集〉，以俟知者。

昔人道：歌以詠志，詞以言情。這百八十首古詩詞，雖非國色，記余心聲也。台北博客思出版社，不惡其陋，鼎力發行，余深懷感激。編輯沈女士，盡心盡職，借此嗚謝。

智圓 謹識於澳洲堪京新凡居

二〇一八年八月二十二日

目錄

【識盡愁集】

不識愁集

五律・隔窗雨夜對酒

何處鷓鴣驚夢醒，披衣空對舊時屋。
山寺輕風送鐘晚，隔窗細雨入桐蔬。
曚朧院中花千樹，寂寞樓前柳半株。
靜夜取酒還獨酌，天明誰報故人書。

91年病中做於家

滿庭芳・十里晚雲

十里晚雲，幾點湖舟，一川歷歷煙樹。院中階前，落紅無從數。那夕陽紅盡處，曾記否去年歸路。畫欄外，斷壁殘垣，杜宇啼春暮。

可嘆到爾今，西風時有，音信全無。更哪堪流水，留春不住。縱有這般心事，莫向它尊前去訴。笑問君，傷心何故，隨風且自舞。

91年於家中

失題

昨夜秋風瘧疾，突入小寒窗。夢裡飛花盡落，隱約佳人笑話。誰道人生少趣，東院且偷歡。

今夜月色闌珊，薔薇滿庭荒。牽衣似於人語，脈脈君可見忘。真似，衣抉飄飄，那人薔薇化。

92年於華師大

水龍吟・杭州

一千年築古塔，重陽今日登樓望。吳山點點，白雲沉沉，片帆下上。滿城桂花，半江秋水，一時潮漲。漸斜暉萬里，清風徐來，當年事，擊節唱。

忽聞琴聲激抗。恰伯牙，子期新喪。高山流水，破琴絕弦，幾個能常。西湖歌舞，東山燕樂，誰個長享。又何必，繁華東風競逐，了平生強！

92年10月於杭州成於師大

註：重遊杭州，遂登六和塔。塔上遠眺，心曠神怡，慨然激昂，度此詞，以酬吾心。

攤破浣溪紗・陸上紅柳

陸上紅柳斷橋依，一水繞堤看雨飛。
寂寞西風誰共我，憶芳菲。
猶似那年三五日，佳人淺笑問薔薇。
儂去妾心真茫茫，望君歸！

93年於師大

望海潮・東風喜乍

東風喜乍，海棠輕放，絲絲柳絮纏連。春草亂生，飛花燦爛，真似盛景當年。執酒嘆雲煙，看流鶯啼翠，白水穿川。晚霞十里，一時盡入那山邊。

都說世事難全。負平生書卷，喚取尊前。揮淚笑余，雁兒過了，怎的夜夜無眠。寂寥月空圓。那滴滴點點，枕上燈沿。起坐難平，憑誰訴話語十千？

93年於師大

西江月・風入幕帷

風入幕帷破曉，露圓花氣襲人。
紛紛清夢了無塵。笛落一聲春盡。
近晚日思舊旅，臨夕時念此身。
嘆人世假假真真，愁送雨兒漸緊。

93年5月於師大

念奴嬌・天高雲淡

天高雲淡，望斷南飛雁，暮陽如縷。庭院悄悄風細細，吹落十分塵土。前日黃花，舊年柳絮，頓作紛紛舞。可憐流水，帶將春去無主。

回首鄉路遙遙，人海飄零，日日思南浦，倦容漸淒身漸老，語斷昔時歡聚。明月吾家，執手相笑，彈指說今古。傾聽夜雨，淅淅相和鐘鼓。

93年6月於師大

註：離家既久，顧影自憐，每念家思友，近期末，填此詞，願早日歸家。

浪淘沙・回眸欲語

回眸欲語遲，淺笑低眉。盈盈秀色眼角窺。
緲緲長髮輕勝霧，好似平時。
起來探新詞，字字相思。才剛夢裡見了伊。
伊道是天隨人願，何苦痴痴？

93年12月23日於師大

念奴嬌・游嘉定

綠野郊外，看不盡、人聲笑語天闊。音樂噴泉舊亭台，錯落數行村壑。兩兩三三，遊人行舟，慇勤呼鳥雀。風光明麗，最是人生難度。千古憑欄對此，仰天長嘯，淚如雨落。常恨浮生歡娛少，日日人前強樂。算得年來，舊歡新怨，卻待何人說？攜一知己，小湖談笑風月。

94年元旦於師大

註：元旦，與蔣游嘉定。孔廟，匯龍潭，風景俱明麗可喜。登樓遠望，人海茫茫。回首往事，不禁悵然。故做此詞以記之。

五律・春日遊夢

婉轉嬌鶯啼不住，東風送我小城東。
梨花幾處春帶俏，海棠一枝晚來風。
哪道人生真如夢，可憐往事盡成空。
從此河山憑誰問，回首且看夕陽紅。

94年4月9日於師大

一從花・海棠

三三兩兩隔疏香，語笑蹙輕傷。
瑤台醉臥東風滿，照嫦娥，好試新妝。
淡抹鉛紅，細描眉眼，裁雲做衣裳。

爭知它雨重風狂，片片落八荒。
容顏易逝芳塵絕，至春暮，殘紅一江。
年去年來，追歡賣笑，雲夢斷瀟湘。

94年5月9日於師大

一剪梅・春思

一路春光弄柳絲，風又遲遲，雨又遲遲。
薔薇兩岸繞青池，發了幾枝，謝了幾枝。

盡日無言笑我痴，早也相思，晚也相思。
小園深處倚參差，紅的花兒，白的花兒。

94年5月14日

五律・春雨夜有感

日暮天空雲水平，佳人入夢何頻頻。
小樓一夜聽春雨，江頭十年泛晚晴。
落葉飛花才動容，清風淡月好彈琴。
男兒到死心如鐵，不愛青春愛美人。

94年5月

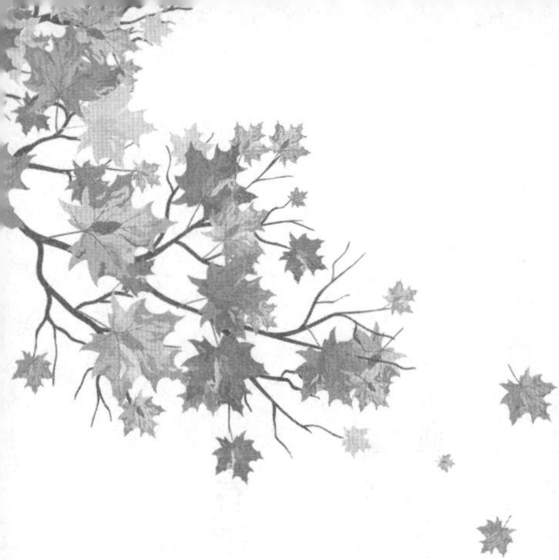

七絕・游南山水庫

清清綠水種雲煙，黯黯南山響杜鵑。
醉倒湖山人不管，斜陽盡處是秋天。

94年8月29日於嵊縣

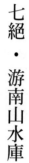

永遇樂・中秋

庭院風回，長空雁叫，怎生悽苦。柳絮飛花，滿山紅葉，正是秋天暮。月圓中庭，人圓柳下，今兒個都歌舞。可憐我、千里懸念，夢魂夕夕故土。

人生長恨，總多風雨，聚散因緣無助。二十一年，為名為愛，空把青春誤。不如歸去，桃溪深處，常伴黃鸝鷗鷺。回頭看、斜風曉月，數聲鐘鼓。

94年9月20日於師大

五絕・無題

大海點輕波，漁村弄晚炊。
問君何所望，風雨故人歸。

94年10月7日

五律・外灘雨後夜景

吾心喜放縱，趁酒看燈紅。隔岸飛船火，據欄落雨龍。
微風樓影亂，重霧笑聲濃。對此長嗟嘆，平生愛恨同。

94年10月

註：與蔣往外灘拍夜景，遇雨。雨後，華燈燦爛。攝得倒影兩張。不想竟獲師大「上海新風貌」攝影比賽一等獎。

【越調】憑欄人・相思

思君之時我斷腸，不思君時心更涼。
思與不思間，吾心兩茫茫。

94年11月2日教育實習期間

五律・寄遠

問君秋水後，何意苦憑欄。
逐日生黃葉，連夕轉暮寒。
人窮依舊木，日落滿空山。
大雁托書至，春來竟不還。

94年11月8日

清平樂・思人

水連天碧，寂寞旅人驛。
今日斷腸愁如積，酒三千詩三百。
秋風乍起窗前，斜陽空照欄杆。
暗暗問君何故，教我夢斷關山。

94年11月29日傍晚

踏莎行・寄人

細細春風，微微春雨，悄悄夢裡來歡聚。
時時長恨不相知，喃喃細語枕邊數。
別後無聊，別來怨怒。今生只願伴君舞。
奈何君意不相許，任我日日相思苦。

95年2月20日於家中

註：問世間情為何物！此上幾首，俱為情苦所做！當時悔否？今日悔否？

五律・春日回家

江南三月綠，隨處到人家。
雨罷曲江靜，雲消野菜嘉。
流鶯鳴翠竹，白日上窗紗。
別來相思意，時時擾夢丫。

95年3月13日於家中

摸魚兒·怨春

到如今幾多怨恨，意忙忙向春訴。依依楊柳長安路，春來落花無數。春難住，更哪堪、一番晴來一番雨。春歸何處。那十里晚雲，一溪煙樹，喚得春常駐。

君知否，人道相思最苦。千言萬語誰顧。怎奈日日聽弦管，夢裡故人無語。君且去。君不見、相思自古多相負。傷心何故。縱拚斷柔腸，回首卻是，煙柳斜陽暮。

95年3月22日

鵲橋仙・病中有懷

病中蕭瑟，病時幽怨，滿腹心酸誰共。
人生最苦是多愁，又哪堪、時時觸動。
口中恨煞，心底愛煞，拼卻一身傷痛。
天天抱酒伴孤眠，怕只怕、今宵無夢。

95年4月11日

註：病了十多日，輾轉床頭。前途的無望，病中的蕭瑟，內心的淒苦，相思的難解。滿腹心酸，不知向誰訴說？調寄鵲橋仙，以泄我懷。

七律・朝行海中偶得

一夜濤聲響不休，醒來四顧意悠悠。
撩人旭日空有勁，撲面清風盡洗愁。
萬里青天聽海嘯，千頃碧浪打魚舟。
功名富貴非吾願，但盼今生志可酬。

95年5月11日於盛新輪中

五律・車行山中遇雨

半夜山中雨，青松翠欲滴。叢峰蒸霧氣，澗水匯新溪。
麥苗田中秀，野花路外低。人生雖困苦，一笠任東西。

95年5月20日 上海道中

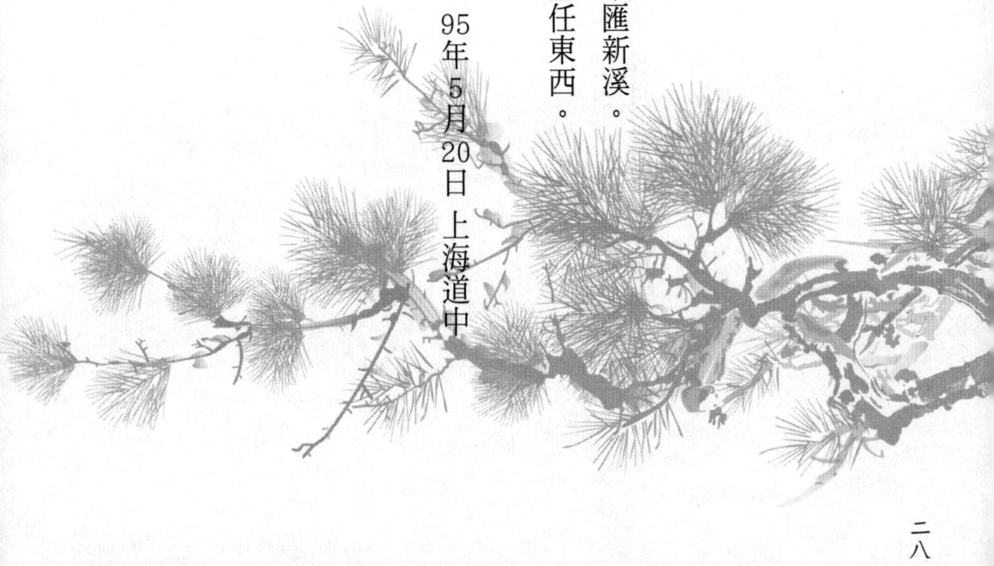

虞美人・畢業歌

校園六月瀟瀟雨，相對如何語。
四載同學寄深情，往事幾多相伴我人生。
高樓危處休去倚，君是天之子。
惜別何需折柳枝，只願與君今世共相思。

95年6月18日於師大

註：要畢業了！一日馬兒說起田漢的畢業歌太舊了，欲寫一新詞代之。我十分贊同，遂調成此詞。兼別那人。

桂枝香・贈別

繁花齊放。正早夏校園，碧波如漾。漫步柳堤花岸，倚欄高唱。夕陽與君同嬌媚，想當初、廬峰之上。課桌之旁，金山之衛，怎生歡暢。

卻不料君心難量。令滿腹深情，省吾園旁。盡做紛紛流水，不知去向。可憐往事如花落，到如今、幾多惆悵。人前人後，強顏歡笑，兒男模樣。

95年6月21日於師大

水龍吟・醉別

甚矣昨夜吾狂，欲將別意圖一醉。悠悠愛恨，問君記否，當年舊事。木瀆鎮中，姑蘇城外，蒙君不棄。更同行嵊縣，一桌對酒，多少笑，可曾記。

到而今皆往矣。恨吾身未屬君意。當時對此，吾心何痛，吾心何愧。待得來年，奔走天地，飄零獨自。又怎能、暗問伊人何故，向隅垂淚。

95年6月24日於師大

七律・早行校園

風雨園中洗鉛華，曉行一路盡飛花。
蛙聲池上新出苗，鳥語枝頭正吐芽。
楊柳兩葉停綠水，長天萬里枕紅霞。
幾多師大好風景，著我明日帶回家。

95年6月26日早於師大

註：25日晚同學們運行李去託運。我睡到早上四時，與許同去守夜。一路蛙聲連片，四周寂然。不久蔣亦來。天色將明，與蔣同去校園走走。見天邊早霞萬里，四周鳥語間關，心中喜甚。大學四年，從未起得這麼早，從未見此美景。遂當時寫就這首七律。

美人行・仿曹植體

落日多西風，遙夜常星辰。舉首向河漢，悠然思佳人。佳人在北方，巧笑可生春。婉囀如嬌鶯，顧盼自有神。令我長相思，欲以附婚姻。屢致慇勤意，情濃意殷殷。君言從此絕，安能論相親。聞此我何傷，痴心不足論。君是高飛雁，我是林間鶉。雖欲同羽翼，安得衝天身。恨君無情義，棄我如土塵。從此莫相問，誓此以絕君。

95年7月22日於家中

註：連日讀《漢魏六朝詩》。最愛子建古風。深慕其才氣縱橫，文思流動。每欲仿之。古詩吾不曾做，今日終成一闋。兼以懷心事。

七律・驚夢

夜半忽聞早叫雞，驚起美夢淚迷離。
紅樓綠水青青草，才子佳人密密時。
世上痴心何足道。人間白頭不可追。
容顏未老心先老，借問相思再向誰。

95年9月18日於鳳中

石洲慢・遍地黃花

遍地黃花，漫天風緊，老枝殘葉。淒淒鴻雁南歸，望處夕陽如血。一時天暮，黯淡窗外街燈，床頭清冷三更月。往事意難平，抱孤枕低咽。情決。想我當日，才志淩雲，少年豪俠。誰料年年，萬事只與心絕。流年似水，又哪堪顏容衰，當初豪氣皆成雪。不敢問伊人，解我相思結。

95年11月11日晚於鳳中

註：想我年少，意氣風發，志在千里。自病後，沉溺於情感之中，無以自拔。五年來，顏容憔悴，才志消磨。雖欲奮發，每感不支，奈何！往事不堪，來年若何，謹以記之。

鵲橋仙・西窗涼透

西窗涼透，前門聲悄，故夢幾多惆悵。
當年任性是多情，只負了、平生志向。
三更才睡，四更又起，黯黯我心波浪。
惟恐君意不相許，便空費、時時思量。

95年11月25日晚於鳳中

註：近日，天氣寒冷，每難好睡。又兼心情憂鬱，愁眉不展。為情故？為前途故？

道出東門行

道出逢冬雨，滴滴寒我心。飛飛黃葉墜，敕敕北風侵。欲去取書報，車行力不禁。不知福與禍，中心長沉吟。即爾上高樓，見報我心沉。想哭卻無淚，欲振力難任。蒼天在其上，應知我心音。何為常作梗，令我苦痛深。長恨我薄命，前途安可尋。恨恨不能休，瑟瑟如秋林。此恨無人省，此痛無人憫。中夜思不平，起來淚涔涔。

95年12月底於鳳中

註：騎車去取托福成績，恰逢寒雨，心內不安。及取，大失所望。當時痛苦，有淚難言。遂做古詩。

七絕・題朋友小照

問花十月為底開，為看人間詠絮才。
不見書中多少趣，只知笑自嘴邊來。

時在歲末於鳳中

如夢令・漏斷燈殘

漏斷燈殘人困，風止聲息心悶。
夙夜盼伊歸，徘徊窗前無怨。
長恨，長恨，今夜斷腸誰問。

96年1月7日於鳳中

如夢令・君無信

恨恨恨君無信，痛痛痛吾深信。夜夜待君歸。
惹卻一身傷病。聽憑，聽憑。孤燈僅影相映。

96年1月26日夜半於鳳中

攤破浣溪紗・前夜有風

前夜有風不覺寒，與君執手相笑看。
猶見夢裡君為我，綉鴛鸞。
今夜無風寒不耐，耳邊但覺漏聲殘。
枕上恨君千萬遍，淚難乾。

96年1月31日於鳳中

四思詩・效張衡〈四愁詩〉

96年1月27日於鳳中

我所思兮在樓東，涉水從之雨濛濛。雙眼脈脈如春風，修眉淡淡似秋虹。仰首思之心忡忡。

我所思兮在樓西，涉水從之雨淒淒。長髮飄飄如雲霓，音容婉轉似鶯啼。仰首望之心迷迷。

我所思兮在樓南，涉水從之雨潺潺。膚如凝脂手纖纖。耀耀頭上玳瑁簪。仰首求之心慚慚。

我所思之在樓北，涉水從之雨翊翊。質本高潔輕華飾，才如蒼鷹振羽翼。仰首邀之心惻惻。

註：效張衡〈四愁詩〉做〈四思詩〉，賀朋友生日。

鷓鴣天・今夜如何

今夜如何竟斷腸，窗前但覺雨淒涼。
滿腔心事苦難訴，萬丈柔情誰來當。
心痛痛，意茫茫。伊人眼淚似風揚。
人生最怕多情累，回首只把淚水藏。

96年一兩月間於鳳中

滿江紅・舉首長天

舉首長天，問人世、誰非誰錯。風雨後，亂飛殘葉，最為蕭索。又哪堪雲隨雁去，更何況水依花落。到如今，萬里夢還鄉，家如昨？

重相聚，驚寂寞。痛怨恨，喜歡樂。為伊人憔悴，盼伊知覺。三月痴情三月淚，一生關愛一生諾。別離時，紅日照欄杆，人如削。

96年2月4日於鳳中

五律・海行有感

別君去後水雲長，鷗繞船輕字字行。
東海蒼蒼接大地，舟山黯黯近斜陽。
下潛四海降魚將，上赴九天斬鳥王。
振劍仰天舒鬱氣，思君只是淚茫茫。

96年2月5日於望新輪中

七絕・寄遠道

醉酒黃昏落日橫，倚天長嘆淚如傾。
蒼山已遠只獨看，夢裡思君萬萬聲。

96年2月19正月初一於家中

謝池春・年少輕狂

年少輕狂，熟讀兵書辭賦。挽長弓、中原射鹿。
衝天才氣，任五湖來去。劍匣中、嘯聲如怒。
如今多病，最怕落花飛絮。被相思、時時辜負。
消磨才志，問此生何據？到年來、斷腸無數。

96年2月27於鳳中

鷓鴣天・元夕

滿市街燈似火燒，煙花炮竹近元宵。
年年明月當空照，歲歲春風和水飄。
行人老，故鄉遙。今夕夢裡去相招。
天崖海角無尋處，回首只把淚兒拋。

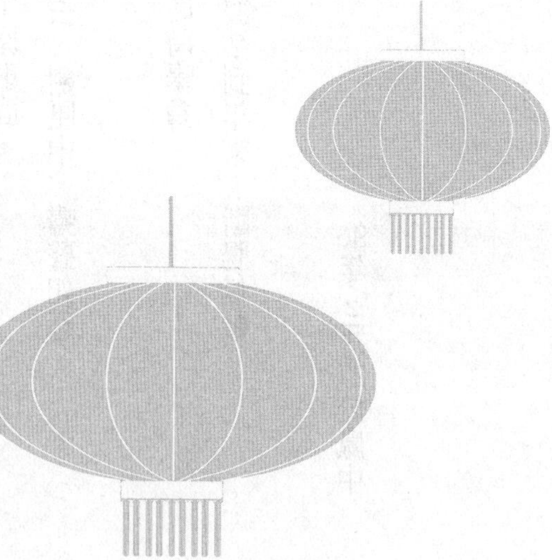

96年3月4日於鳳中

攤破浣溪紗・春雨如潮

春雨如潮驚夢殘，曉寒侵被夜難安。

陋室孤燈思惆悵，恨無眠。

壯士古來多落魄，乘風破浪不知艱。

只是相思情未了，帶愁顏。

96年3月20日早於鳳中

齊天樂・最是無情

最是無情風催雨，招來落花難數。滿院飛煙，一曲流水，都似心懷愁緒，憑誰作主？縱慷慨高歌，沉吟低訴。如夢人生，夢時容易醒時苦。

當初記得款款，朝夕相笑語。心事傾吐。原擬與君，相攜到老，長做人間神侶。誰知未許，更不顧深情，決然而去。異日對此，問君心悔否。

96年清明於鳳中

五律・雨中歸來

風勁雨霏霏，春寒綠葉稀。樓台慘淡立，燕雀徬徨歸。
水流驚時逝，車喧嘆世非。青春誠莫負，振翼欲高飛。

96年4月14日晚於鳳中

攤破浣溪紗・吁短嘆長

不覺間吁短嘆長，無端得掛肚牽腸。
恨不能嘔心瀝血，任伊嘗。
最怕那春風帶雨，又哪堪木葉飛揚。
便縱有花團錦簇，也淒涼。

96年5月1日晚於鳳中

詠懷

日夕坐不定，信步小園行。雁來了無語，花去寂無聲。樹葉微風動，烏雲陣雨征。極目空一物，內心惆悵生。人世不稱意，長嘆復不平。一感知音少，高山安可憑。二感歲莫止，天涯獨飄零。對此愁滿腹，掩面淚盈盈。

96年5月15日晚鳳中

註：採薇採薇，薇亦作止。曰歸曰歸，歲亦莫止《詩經・小雅・採薇》。時在暮春。看花落去，雁歸來。嘆飄零在外，一事無成。是晚，微冷。信步小園，風雨欲來，做歌自傷！

破陣子・雨霽落霞

雨霽落霞歸雁，風回暮氣垂天。
玫瑰玉蘭遺滿地，庭院幾重啼杜鵑。人在吳越間。
世事年來辛苦，故園千里魂牽。
滿肚心機縱費盡，好夢今生恐難圓。夜長怕孤眠。

96年6月20日於鳳中

浪淘沙・早起賦得雨中睡蓮

濃睡不知明，風雨催醒。鉛華洗盡玉嫣婷。
　妝束天然好顏色，便是風情。

愛做嬌羞聲，雙臉紅盈。回眸一笑百媚生。
　出水芙蓉絕世立，傾國傾城。

96年6月30於鳳中

減字木蘭花・夜遙如夢

夜遙如夢，明月長空三萬里。
悵望天涯，只見東風入柳枝。
倚樓長嘆，風景無邊只獨看。
但恨青山，遮斷相思雲水間。

註：朋友住院，家中不安。做此調以寄。

96年8月於家

暴雨行・颱風過境

颱風且暴，折我柳樹。急雨且狂，淫我道路。夙夜苦長，輾轉無據。
惡夢良多，睡覺不寧。東方即曉，倚望高處。山川蕭瑟，烏雲密佈。
不見斯日，我心焉附。不聞鶯啼，我誰與語。中心愁苦，孰知何故。
念君有恙，憂思滿腹。黯黯關山，悠悠思慮。縱隔千里，相思旦暮。

96年8月於家

五律・無題

人生多苦患，情放水雲間。陣陣鬆濤亂，湲湲水流閒。
白雲出野岫，夕日下空山。慷慨機心忘，高歌載月還。

96年8月20日鳳中

訴衷情・天清雲淡

天清雲淡雁逍遙。倚看水東流。
因緣聚散來去，今世復何求。

思舊夢，意難休，纏心頭。
逝者已矣，來日方長，只待君留。

96年9月初於鳳中

念奴嬌・秋分

秋分四野，看歸鴻飛過，天高雲薄。碧水悠悠風迫木，陣陣桂香飄落。氣似山河，聲如金鐵，五嶽空寥廓。盎然秋意，衝起蕭瑟樓角。

借問自古英雄，金戈鐵馬，振劍為誰搏？塞草已長胡馬肥，正是兵家交錯。白骨紛芸，積屍遍地，皇帝忙開拓。且簪秋菊，登南山以為樂。

96年9月23日秋分於鳳中

水調歌頭・中秋（依東坡韻部）

曉來寒微著，草上露方圓。清風披面吹醒，寂寥夢無邊。昨夜月明如水，四處鳥啼花落，揚柳舞翩遷。長笑復惆悵，據案且為歡。

持觴酒，聽《水調》，嘆雲煙。人生如夢，何事日日帶愁顏。不若新朋故舊，高唱《乘風歸去》，響罄水雲間。斜月疏星遠，雙淚落君前！

96年9月27日中秋於鳳中

註：又是中秋。百感交集，依東坡韻部做之。東施效顰，博一笑爾。並示彧兒。

詠懷

晚風起秋涼，單衣覺夜寒。去者如流水，奄忽復一年。人世不稱意，
惆悵援清弦。男兒當四海，封候在幽燕。安能坐長嘆，竟日酒底眠。
放浪非吾志，但慼知音鮮。中心為悽惻，廢琴不可彈。起來振長劍，
四顧淚蕭然。

96年10月15夜於鳳中

早起賦得絕句二首

朝起對鏡倦梳頭，相看衰顏帶重愁。
還道昨宵眠不好，原來前日恨沒休。

平生唯愛話桑麻，暮暮朝朝在一家。
只是功名心未死，惹得日日望天涯。

96年11月19於鳳中

別詩

思君兼明月，入夜愁更生。迴風驚庭樹，細雨聞雞鳴。翻然新夢覺，猶疑在君庭。君庭若春風，盈盈笑語聲。要待畫眉嫵，奄然光已明。悵然出東門，朝雲戴日平。喬首問青山，記否昨夜盟。朝朝與暮暮，攜手共前行。柰何君不見，高歌誰與聽？不如向夢裡，喚一聲「卿卿」。

96年12月於家

註：示彧兒。

五律・海上日出

海日沖雲角，光輝萬丈長。別來波渺渺，望處水茫茫。
父母留南方，妻兒在北方。男兒當四海，何故斷柔腸。

96年12月15日 於榮新輪

識盡愁集

鷓鴣天・宿雨難消

宿雨難消隔夜風，今朝何處不飛紅。
閒閒洗罷遲遲意，鏡中衰顏似老農。

心未死，志已窮。人生誰曉遇轉蓬。
故鄉卻是花似錦，又見家人入夢中。

97年4月26日悉尼

註：來澳已四月有餘。一面求學，一面打工。辛苦之餘，鄉思倍增。每逢風雨，總有感傷。調寄「鷓鴣天」以寄彧兒。

江城子・因何淚眼

因何淚眼舞婆娑？嘆蹉跎，曾幾多。北望家鄉，四處盡煙波。萬里長空無雁影，誰為我，送悲歌。

嚋昔往事都經過。枕金戈，附陽阿。壯志成空，不必太消磨。只恨夢中人不似，情難堪，夜如何？

97年3月於悉尼

臨江仙・無眠

昨夜秋涼如流水，枕間睡覺難寧。
無端野鳥叫高聲。微風窗紗上，月似故鄉明。
往事如今堪對誰，吹來何處鐘鳴。
不覺寒露滿中庭。我有一段曲，唱與月兒聽。

97年5月16日悉尼

五律・無題

呀呀歸鳥急，斷我百千腸。細雨逢花落，秋風和葉揚。
人間驚寂寞，樹老怕張狂。世上多歧路，無為淚幾行。

97年5月24日悉尼

註：典曰：道窮而哭，不知如何是好也！連日秋雨連綿。百年老樹也難當風雨。豈不謂：木猶如此，人何以堪。恰當他國，憂鬱成傷，人何以堪。

七律・雨中夜行有感

英雄自古最多情，浪蕩江湖且縱橫。
女兒風中抿嘴笑，丈夫雨裡帶刀行。
休說世路常磨難，何懼人間寡和聲。
來日將兵三百萬，為我千里取功名。

97年7月4日悉尼

註：打工夜歸，遇大雨滂沱，全身盡濕。做此詩以記之。

鷓鴣天・鳥

白羽輕輕枝上頭。幾聲清嘯意逍遙。
和風煦煦吹紅葉，朝日依依照翠樓。
天湛湛，海悠悠。白雲銀波見湖舟。
世人可笑爭名利，非到斯時不能休。

97年7月9日晨悉尼

註：早上起來，空氣清新。窗外，一鳥兒獨立枝頭，左顧右盼，意甚逍遙。反顧世人，竟日營營，何能消千古之愁。度此詞以諷之，藉以自諷。

鷓鴣天・寄人

去歲今天淚暗流，暑天七月似寒秋。
願以身代何可得，唯望蒼天憐我求。
山遠遠，水悠悠。別來書信費錢郵。
一朝寄去三千言，為我勸君莫復愁。

97年7月9日悉尼

滿江紅・歷盡蒼桑

歷盡蒼桑，情不變、幾多反覆。看窗外、殘陽依舊，亂紅穿目。故日桃李空不語，如今花去誰長哭。恨蒼天、不會識英傑，心難服。

論才智，舉大鵬。嘆人事，依轉燭。負平生豪氣，牢騷滿腹。太白詩篇臨酒唱，孫子兵法挑燈讀。算年來、茶飯也無缺，應知足。

97年7月11日悉尼

代婦送夫歌

送君到門外，延疑步不前。持手欲言何，唯有淚漣漣。此行一萬里，
秋水更長煙。慼慼與憂憂，妾心似火煎。
江湖風波惡，慎毋近舟船。天寒知加衣，肚餓莫惜錢。賭場殺人地，
青樓勿流連。慼慼與憂憂，妾心如苦蓮。
去後樓台空，孤枕伴孤眠。幃幕只低掛，何堪觸琴弦。日夕倚高處，
夢魂兩相牽。慼慼與憂憂，妾心真可憐。
男兒當自重，莫學妾纏綿。時時相思憶，多把鴻雁傳。富貴非吾願，
只願早團圓。慼慼與憂憂，妾心向誰邊。

97年8月26晚悉尼

擬野田黃雀行

負笈去國後，十日九艱難。他國是他鄉，流離蟲草間。前夜餐館中，杯盤相援攀。淚和污水吞，揮汗似飛泉。笑者有得色，斥者帶驕顏。本自同一人，何故傷心肝。哀哉大中國，外強而中乾。痛者我國民，異域做鞦韆。胸中萬卷書，不得憂國先。思之在中夜，四顧而茫然。眾人皆沉醉，胡為夫長嘆。

97年9月28日凌晨二時悉尼

註：去國已九月有餘。中間傷痛，不堪盡言。前夜做工，又遭訓斥，痛心疾首。非哀吾身，但哀吾國。非傷失志，但傷吾民。嗟乎，何日得一強大的中國。

七律・無題

無事只嫌日頭高，黃鶯啼落雀兒囂。
思完舊夢思綺夢，弄罷橫蕭弄豎蕭。
前代興衰餘勝蹟，今朝風流入漁樵。
東風肯留青春住，猶看銀絲上髮梢。

97年10月悉尼

七律・晚歸

幽幽冷月照薔薇，些許寒風做晚歸。
寂寥疏星人室靜，參差亂草火螢飛。
天涯淪落思《歸去》，故園荒蕪唱《式微》。
人事從來難稱意，悲歡離合自噓欷。

97年11月9日悉尼

註：《歸去》陶淵明歸去來兮辭；《式微》式微式微胡不歸（詩經邶風式微）。

謝池春・言笑晏晏

言笑晏晏，杯酒戲說前事。望天涯、相思寤寐。春風秋雨，是怎生滋味。又哪堪，別情離淚。

與君偕老，記得對天盟誓。到如今、相隨異地。長空飛雁，問此生何冀。待來年，再逞微醉。

97年11月26日

註：詩經〈氓篇〉有「總角之宴，言笑晏晏，信誓旦旦」及「及爾偕老」之句。是日是結婚週年紀念。雖飽經磨難，終能聚首。其間相思之苦，難以盡言。開懷暢飲，回首往事，悲欣交集，終成此詞。

南鄉子・屈指幾年

屈指幾年休。何故東風不肯留。
羽箭在鞘弓在壁，羞羞。往事悠悠莫回頭。

躡足上高樓。人在天涯憔悴浮。
倚看百川歸大海，逍游。但願今生是扁舟。

98年1月31日悉尼

註：人在異國，嘗盡謀生之苦，求學之難。光陰虛擲，轉頭成空。思之憫然，此調記之。

摸魚兒・元夕生日

嘆青春、又成虛度。催成華髮無數。功名未竟家先有，辜負霍郎吩咐。君莫顧。君不見、古來賢者皆曾苦。管它哪處！想老子何懼，聖人言道：君子遠庖廚。

青天外，雁兒低低北去。中間三四鷗鷺。相思書就三千字，孰料付於煙霧。長日暮。知應是、神州今夜燈如故。天涯歧路，縱望斷重山，故園千里，明月照南浦。

98年元夕悉尼

註：二十五歲自述

五律・賦得雨後暮色

急雨黃昏後，閒坐對老鴉。晚霞披錦秀，暮靄著輕紗。
池上新荷舉，花間細草斜。何以心不樂，故國在天涯。

98年2月14日悉尼

攤破浣溪沙・晨起行路有感

何處黃雞唱曉音，依稀零露帶衣襟。前路漫漫長且阻，力不禁。
抑鬱孤星添別意，無言冷月照鄉心。不復當初年少日，淚涔涔。

98年4月底於悉尼

居有感

天意不可留，慨然以太息。人事殊難料，何況少羽翼。去國約兩載，
碌碌無所得。歸途實可畏，前程何處覓。翊翊涼風起，宿鳥歸飛急。
強笑問妻子，何苦愁如織。君子坦蕩蕩，小人長慼慼。天下隨我游，
莫作牛衣泣。

98年8月悉尼

水龍吟・師大懷舊

捲起數里晨曦，微風默默吹柳絮。多情麗娃，無知夏雨，依然如故。長袖飄飄，美人依舊，凌波微步。自前年別後，山遙水遠，相思意，如何訴？

都道貪新厭舊。夢幾回、同盟鷗鷺。傷心往事，天涯倦旅，如今遲暮。非復當年，任心來去，嘯聲如怒。更哪堪，歲月催人易老，華髮無數。

98年11月悉尼

註：重回師大，往事歷歷。唯物是人非事事休。可恨，可嘆！

玉樓春・和胡先生國瑞「上繞懷辛稼軒」

平生最恨新亭泣，錦詹輕騎參社稷。
美芹十獻赤子心，千古文章如椽筆。
自許管樂良臣挹，宦海沉浮思伏櫪。
可憐寂寞老廉頗，山河悠悠餘勝蹟。

99年1月悉尼

桂枝香・鵝湖書院

修眉淡面，似美婦新妝，儼然初見。四下清風徐來，群山如戰。日輝十里墟煙起，綠竹中，千年書院。間關鳥語，相聞雞犬，水流湲濺。

恨古來風流易散。念舊代英賢，都成虛幻。嘆吾生也晚矣，未逢其便。蓋棺自有人評說，又何必、唇槍舌箭。沒得辜負，湖光山色，美酒佳饌。

99年1月悉尼

註：二到鉛山。與姐姐姐夫同遊鵝湖書院，終償吾願。惜未得彧兒相陪，甚憾！

七律・耶穌

巍峨聖殿起三天，心在雲霄宇宙巔。
真福八端千古訓，愛德二戒一生傳。
靈與眼淚當贖祭，血和身軀做晚餐。
最痛人間多困苦，長留世上有平安。

99年復活節於悉尼

滿江紅・十字架上的耶穌

淚眼含悲，問天父、情何以決。怎忍見、十字架上，點點飛血。橄欖山宗徒逃散，骷髏地眾人猥褻。只怕它、教訓負東流，空哽咽。

看世上，罪惡烈，憐百姓，憂愁切。過千村萬落，餐風飲雪。耶利哥瞎子重見，伯達尼死人復活。若負了、救世的新約，心肝裂。

99年5月悉尼

七律・代人送遠人

江南長草亂鶯飛，陟彼南山言採薇。
遠道綿綿春雨重，相思滿滿故衣肥。
不堪落日聽湖調，何必晨風唱式微。
心事三千關不住，問君知否昨天非。

念奴嬌・六四十週年祭

死者已矣，問生者，尚有幾分餘烈。異國他鄉只認是，中土汴京風物。柳綠花紅，輕歌曼舞，轉眼十年絕。疇昔往事，如何輕付凝噎。

原是少年張狂，指點江山，意氣如風發。怎奈豺狼當車轍，六月暑天飛血。怒髮衝冠，悲歌慷慨，何懼傾鮮血。可憐父母，老來誰慰寂寞。

99年6月4日悉尼

註：流年似水，匆匆十載。鮮血已無顏色。可嘆流亡之人士，包括數萬留澳學子，只關心買房買車，安居樂業。少數精英，只不過做新亭對泣，空有吶喊。最可憐逝者父母，又有誰安慰他們晚景的淒涼。做〈念奴嬌〉以記之。

望遠

大海淘蒼浪，高天走流霞。人生不稱意，四面望天涯。不見鴻影來，但聞號老鴉。鐘樓如處子，白帆似龍蛇。借問行路人，可曾過我家。言道秋風早，平地起塵沙。兄弟鬩於牆，勢同唇與牙。唯天之有命，何故意參差。慨然以長嘆，千古誰同嗟。

99年8月22日悉尼

註：時在八月中旬，聞道台海兩岸局勢緊張，甚憂家中。人在天涯，何以為報。

調笑令・中秋

明月，明月，照我窗前無缺。
轉頭千里溪山，過眼六朝柳煙。
煙柳，煙柳，誰共離人吃酒。

99年9月26日悉尼

七律・記夢

淒淒萬賴醒長夜，號角鐵錚在耳歌。
戰騎連綿交箭矢，兵車互錯較戟戈。
英雄重死征燕地，將士輕生定代河。
無力齊家空志壯，問君天下奈如何？

2000年3月悉尼

水龍吟・鳥啼夢覺

鳥啼夢覺天明，登高欲醒昨夕醉。霏霏淫雨，蕭蕭落葉，惱人心事。籬外芙蓉，院中楊柳，猶帶零涕。況他鄉久客，人生如夢，當年願，難如意。

縱有牢騷滿腹，向南牆、唯空垂淚。江湖落魄，徒增馬齒，敢無抱愧。浩浩煙雲，茫茫天地，誰主人世。待明天，沐浴熏香獻禮，問以天帝。

2000年3月悉尼

江城子・耶穌受難

父天見棄滿心悲。淚空垂，血徒飛。
望處茫茫，世事付與誰。
日月無光天地裂，身刺透，死生離。

回首往事斷腸時。食嬴饑，樹真知。
憂患人間，萬苦不敢辭。
只怕人心多健忘，留我愛，在天涯。

2000年復活節

五律・思舊

欲絕何曾絕，東風入柳枝。
行雲三千里，載雁四五隻。
待問當年事，只言現世辭。
相隔云大海，再見有無期。

2000年12月6日堪培垃

永遇樂・大躍進祭

三分天災，七分人禍，斯言如是。躍進三年，白骨四野，菜色五千里。少陵聲吞，稼軒淚下，忍見婦人棄子。但只為、全民共產，拜你主席所賜。

畝產一萬，敲鑼打鼓，人有勝天宏志。伐木三千，煉鋼煉鐵，明日超英美。衛星村寨，草根肚腸，莫問食堂何地。真乃是、空前絕後，乎誰之罪？

2001年3月30日堪培垃

註：是時父親與我討論大躍進小說「方家塘」的構思和寫作，我十分感動。遂做此調。後終又錄於我為父親這本小說寫的序中。

太常引・無邊落木

無邊落木洞庭秋，長嘆我神州。
數代不風流。放眼是、衣冠楚猴。
倚天長劍，泣神大筆，借彼討仇鳩。
誰要取封候。但只念、蒼生苦憂。

2001年5月20日堪培垃

昆士蘭野外實習組詩六首

五律・營火

營火圈中跳，輕歌照臉紅。繁星如點燭，初月似彎弓。
俯首香泥土，支身望宇空。憶江南一曲，千里別情同。

2001年6月24日 on the way to Mount Isa

桂枝香・長驅萬里

長驅萬里，盡草場延綿，牛羊凡幾。極目天高雲迫，碧空如洗。西風漸緊鳴禽下，暮陽中、異峰突起。四時花果，三秋稻穀，上天驕子。

只可恨神州不是。嘆故國沉淪，風流隨水。何況他鄉久客，淚傾難止。興衰古來尋常事，縱罄竹、難書青史。目張髮指，悲歌慷慨，徒傷心耳！

2001年6月26日 Julia Creek

七絕・日出

烏言平仄鬱林東，水影隱約曉月中。
撕破黑雲三丈厚，捧出新日一團紅。

2001年7月4日 Bush

滿江紅・北望神州

北望神州。氣沮喪，愁思堆集。但只見、碧波萬里，痛哉中國。六代豪華天下道，五千燦爛人間勒。到如今，飯後共茶餘，心憂慼。

帝王事，楚漢敵。英雄業，韓張立。嘆此生老去，海南天北。輕負樓蘭腰下劍，空餘魏武掌中筆。又何時、驅虎斬長蛇，懸新日。

2001年7月7日 Archer River

醉花陰・獨坐沙灘

獨坐沙灘陪冷月，鳥靜濤聲咽。
何事惹情思，不見佳人，但見花如雪。

蕩漾波光人影缺。雁過傷離別。
祝酒卜歸期，不是今朝，腸斷無由說。

2001年7月7日 Lakeland

七絕・看夜潮

怒海潮生一線驅，
三軍夜戰萬人呼。
前仆後繼何所懼，
自古英雄不服輸。

2001年7月12日 Rainbow beach

詠懷

快風自東來，披襟以當之。夾琴上南山，長嘯在東籬。問君何所求，
雙目滿愁思。心憂我神州，但恨人不知。當國皆強盜，守者熊與羆。
防民似防川，事國如事私。安得桃花源，莫論堯舜時。哀哀我心死，
壯士淚雙垂。

2002年2月17日 Canberra

漢宮春・獨步長灘

獨步長灘，看風起雲涌，秋興大洋。登高遠望，惆悵愁生柔腸。一身抱負，都書作詞賦文章。只恨它、神州混沌，願斬當轍豺狼。

無奈流落天涯。縱胸懷甲兵，腰懸幹將。馳騁夢中，慷慨涕落幾行。難酬壯志，任年年空老皮囊。知己少、誰解心事，近來偏愛夕陽。

2002年5月Canberra

桃源憶故人・乘風去做

乘風去做天涯客，識破江湖興落。
唱罷陽關蕭索，日晚鄉思作。
人間何處無溝壑，萬里山河留跡。
莫道無以為宅，請看雲中雀。

2002年6月Canberra

沁園春・中秋

天有懸盤，人有積愁，不醉不眠。喚貓鄰狗舊，大口喝酒，天親地友，努力加餐。把盞清風，持弦明月，莫負了良辰美年。花千束，折一枝兩朵，裝扮團圓。

離情誰道能堪。休要問、王孫還不還。但側耳聽去，蟲鳴雞叫，側目看去，草衰煙寒。年來相思，引領北望，隔斷長安萬重山。誰同我，唱陽關千遍，淚灑人間。

2003年中秋 Canberra

五律・雨後山行

雨後滿山青，閒閒做鶴行。
紅泥足下響，綠草澗邊橫。
意興於雲起，心和在鳥鳴。
此間能忘我，何苦費營營。

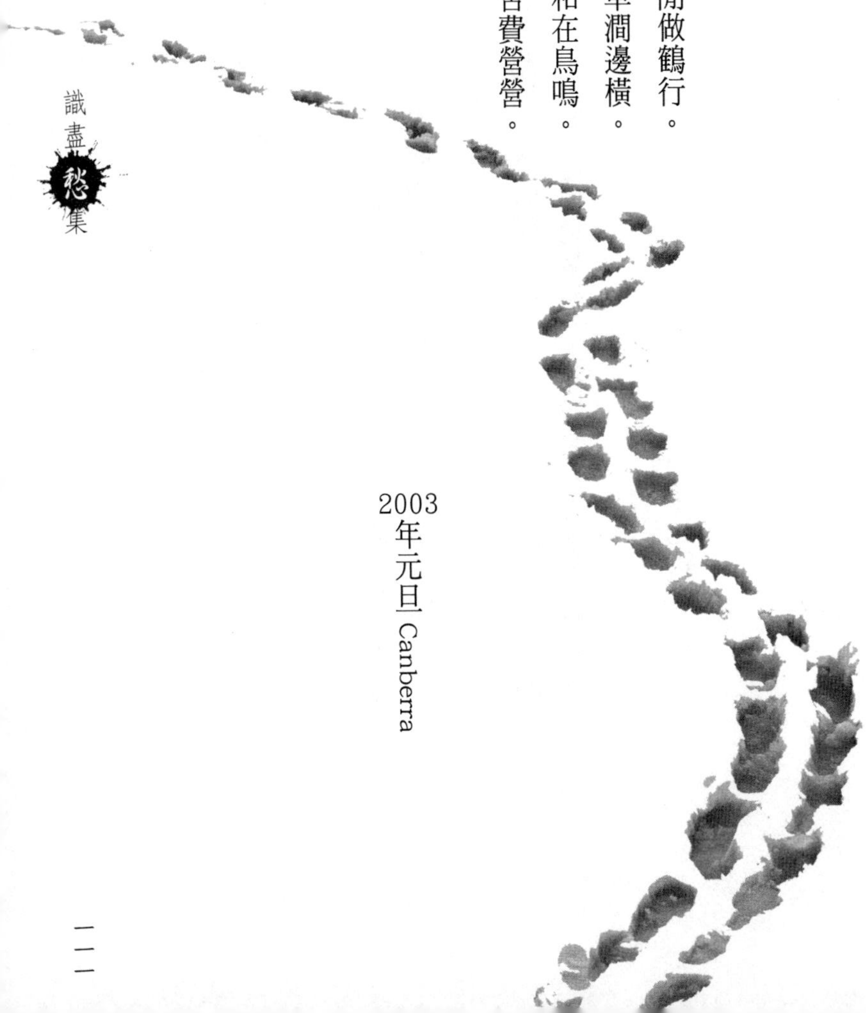

2003年元旦 Canberra

念奴嬌・三十自述（步東坡〈大江東去〉原韻）

三十未立，問今生、何日方成人物。燈色灰黃空照著，頭上弓刀懸壁。扼腕無言，廢書長嘆，心事如霜雪。甘羅公瑾，古時年少英傑。

當年志在天涯。負笈流學，意氣如風發。似水流年怎禁得，棱角隨風磨滅。國事唯艱，人生苦短，搔盡青青髮。愁思澎湃，推窗堪對明月。

2003年元宵於 Canberra

減字木蘭花・獨住 Bendigo

獨言獨語，獨去獨來還獨住。獨坐生愁，獨看門前清水流。
月明皎皎，照著林中雙宿鳥。願把千錢，換作與君一晌眠。

2003年5月底6月初 Bendigo

水調歌頭・靜夜思

靜夜思何在，月兒掛天邊。神遊身外、家國從此不相干。正好及時行樂，何事心憂長嘆，獨坐小窗前。看得西風起，又是落霜天。

群星現，新月沒，漏聲殘。古今雄者、天意曾幾似等閒。今日射鵰大漠，明日埋身黃土，何必苦爭先。不若伴醇酒，遊戲在人間。

2003年8月3日 Bendigo

五律・古原夜行

都市久為客，驅車過古原。古原生野月，野月照人寰。
感動星河近，憂愁世路艱。天人實一體，萬事但隨緣。

2003年8月中

註：獨自驅車從 Bendigo 回 Canberra。一路穿梭在澳洲古陸上。入夜後，圓月升起，即大且明。城市之人如何得見此明月。不久漫天星斗，近在尺寸間。古詩云：手可摘星辰，信夫！當時心懷感動，恨無口占之才。此詩做於數日之後。十餘年來奔波辛苦，掙扎於塵世之中。何日方能曉悟天機。

古風・有感

痛失我舊友，我醉我復愁。相思柔腸斷，去者不可留。千里明月照，
一朝故情休。君子入我懷，細雨增寒秋。陟彼南山巔，見此江水流。
移舟大海上，聞此鴻雁啾。如何竟能忘，抽身上高樓。我路兮漫漫，
我心兮悠悠。男兒當自愛，莫做多情囚。仗劍走天涯，常隨俠客遊。
愁來振長嘯，醉裡看吳鈎。天意曰不可，問我復何求。

2003年9月 Bendigo

五律・中秋詠嫦娥

萬戶酒漿忙，九重夜未央。
風間歡笑遠，月裡嘆息長。
夢塞幽人絕，天霜舞袖涼。
年年思織女，猶得會牛郎。

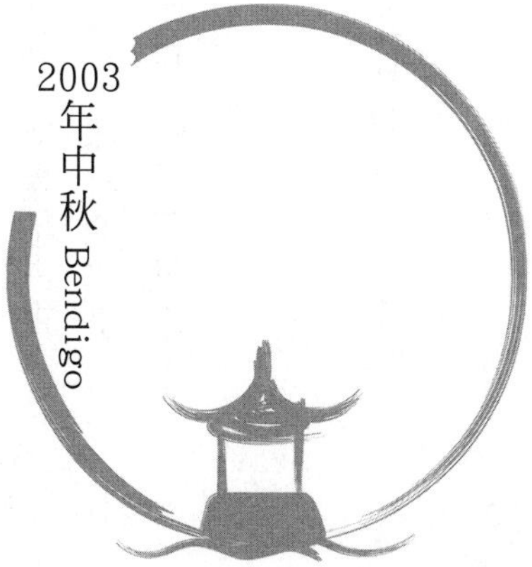

夜讀書有懷

野花發路外，欲把行人惹。心事到口邊，去和誰人話。秉燭讀古書，藉以消長夜。楚中屈大夫，高風豈有假。橫遭世人嫉，埋身湘水下。山東李太白，才大傾華夏。天子不能用，客死旅館舍。嗟乎時世乖，美人不得嫁。心憂石不轉，豈有知我者。

2003年10月20日 Bendigo

點絳唇・情寄何方

情寄何方，青絲玉面欄杆處。

滿懷猶豫。故作雙眉蹙。

月白風清，仃立庭中露。

長空祝。送伊飛度，莫把青春誤。

2004年2月20日 Bendigo

水調歌頭・夢醒有懷

夢到江南岸，春色上柳枝。中間故國千里、費我苦相思。記得風華正茂，志在乘風破浪，去國在天涯。但恨十年後，國事愈堪悲。

富者霸，官者惡，橫者欺。可憐大好山河、滿目是熊羆。願把手中書卷，換取倚天長劍，掃盡百年非。無奈知音少，憂慮有誰知。

2004年2月29日 Bendigo

註：近日滿懷心事。家事國事都在心頭。寫了這首詞，又能給誰看呢？

謝池春・日暮他鄉

日暮他鄉，寂寞與愁齊到。小湖邊、殘陽落照。相思湧起，誰與歌湖調。落花中群鴉鼓噪。

青春易老，不耐登高長眺。況而今、貧窮潦倒。此身如寄，怕今宵無覺。又如何執手以告。

2004年3月28日 Bendigo

擬行路難

人間十事九艱難，莫把《式微》唱到晚。
出門看白雲，白雲高且遠。
忽憶少年時，風中愛做豪邁語。
從來不解別滋味，每日要做天涯旅。
天涯已經年，問君應悔否。
有志不得伸，有節不得守。
徒羨山中之泉水，但慕天邊之飛鳥。
明日欲還家，感嘆煙波渺。

2004年5月3日 Bendigo

遊子吟

秋雨之淅瀝，經風轉做寒。聞母之有病，遊子夜不安。起看天星沒，
臥聽漏聲殘。念母之劬勞，憂思傷心肝。少為貧家女，砍柴餵豬官。
長為貧家婦，兩手不得閒。壯為貧家母，育兒又育田。三年種蘑菇，
起早不知艱。五載擺菜市，貪黑方得還。常言無所求，但願兒有賢。
昔兒染沉苛，傷心柔腸穿。身代不可得，強做歡笑顏。兒女忽長成，
有行到天邊。執手欲言何，雙目淚漣漣。出門望車跡，空有白雲天。
想念日轉夜，萬里傳書翰。兒身要保重，莫把母掛懸。而今母有病，
如何不掛牽。恨無王母藥，但求上主憐。明日團聚時，承歡在膝前。

2004年5月4日 Bendigo

清平樂・李花

芳心早許，待到春來雨。素面含羞溜門戶，夜半無人私語。

天生一幅柔腸，從來不用衣妝。若要此情長久，請君莫重皮囊。

2004年10月於堪培垃凡居

註：新居有一李一蘋果。春來時，一枝兩枝的開放了。細看之，並無傾國傾城之貌。然少女懷春，自嫵媚可喜。妻與余咸愛之。桃李無言，下自成蹊，古人之不余欺矣。盼花開，怕花落。因做小詞以記之。

五律・秋夜夢醒有懷

枕上秋聲切，書生夢裡驚。
掌中談戰陣，塞外帶甲兵。
號令三軍勒，金戈畫角鳴。
起來空一物，月白銀河清。

2005年3月底於凡居

西江月・St Paul

昨日做敵牙將，今天為主前驅。
心底熾熱福音書。工做靈魂深處。
十數次遭險難，十來年陷牢居。
一朝殉道滿心舒。真理人間長駐。

2005年 Easter 於凡居

七律 • St Peter

與主同行是盤石，臨危不認恨彼時。
雞鳴三遍傷心淚，光照餘生證道龜。
面對喪亡原可逃，肩背苦架應無辭。
肉身軟弱精神壯，不愧真知不愧師。

2005年 Easter 於凡居

七律・David

主恩常照保江山，一旦失足淚不乾。
年少陣前殺勇士，心謙主內求平安。
幾番磨難教民愛，每日弦歌博主歡。
只要一聲知罪了，許你救主爾家傳。

2005年 Easter 於凡居

七律・湖邊秋聲

湖邊一帶好秋光，見慣行人腳步忙。
一石擊波難作浪，雙鴨驚水不成行。
岸間賽艇爭先走，天上流雲獨自揚。
向晚幽思停哪處，故鄉反認是他鄉。

2005年7月於凡居

虞美人．畢業十週年（和畢業歌）

雖然世路多風雨，愛做豪情語。
故人顏色最多情，相對慇勤舉酒祝今生。
樓台去後誰來倚，今日天涯子。
哪家黃鳥上花枝，啼到花飛處處惹離思。

2005年7月9日於堪培垃凡居

註：畢業十週年同學聚會，余未能成行。甚憾！做此調以記之。

七律・夢想野地

野地無人鳳自來，扶搖送我上天台。
嫦娥漫舞生花步，太白高歌泣鬼才。
叉手成詩誇宇宙，坦胸飲酒放形骸。
人生苦短憂愁永，幸有黃粱暫解懷。

2005年9月於凡居

桃源憶故人・雨後木蘭

雨中紅拂奔李靖，抖露一身風景。
杏眼柳眉相映，含俏長身影。

豪情生就難由命，自負高潔本性。
若有英雄答應，天下敢馳騁。

2005年9月25日 於凡居

註：家有木蘭。幾場春雨之後，竟相發放。視其花，艷而不嬌，高而不媚。其色風流而不淫，其情堅固而不搖。遂比伊做李靖的紅拂兒，做此詞以美之。

七律・春暮

世上春如嶺頭雲，來時熱鬧去紛芸。
日前彩蝶花間戲，日後殘花土裡聞。
樹葉微黃愁雨雪，行人漸老怕風塵。
少年不解傷春暮，猶道人間事事新。

2005年春暮於凡居

南鄉子・my first born

日暮彩雲開，誰送明星下界來。
天色微紅輕抹臉，登台。人世原來勝蓬萊。

心事付風差，喜怒無端上兩腮。
雙眼溜溜雙腳踩，乖乖。叫我如何不解懷。

2005年11月於凡居

太常引・兩眸清亮

兩眸清亮諸思殘，牆外鳥間關。欲夢故鄉顏，被往事擾人睡眠。

少年心性，好高鶩遠，志在我河山。奔走十來年，料今世，總難夢圓。

2006年1月於凡居

詠懷

大鵬善飛天，大魚善潛淵。三十無所立，愧對古先賢。
人生如大夢，醒來復一年。徒有鉛刀志，不得憂國先。
嗷嗷呼奈何，終日抱愁眠。君子不得意，放情水與山。
春日邀青草，秋節約雲煙。清風激長嘯，明月援輕弦。
寶劍深深藏，用以斬妖邪。好書時時讀，用以治國安。
臥龍山崗中，太公清溪邊。兩賢未達時，心存天下間。

2006年2月於凡居

七律・堪培垃的秋

紅葉裟裟落滿城，秋風未必做秋聲。
林間叫犬歡晨曦，湖上鳴禽戲晚晴。
蓮葉田田花朵秀，遊人點點笑容明。
風光蕩漾人情美，此地當能付此生。

2006年5月於凡居

五律・Kioloa 日出

白晝多思慮，需驚夜海聲。
風回傳鳥叫，潮落起晨興。
腳印沙灘空，日出水面晴。
乘風如有志，破浪向前行。

2006年9月於凡居

無題

幽蘭空谷中，寂寞水邊生。本性自高遠，來往誰知音。
高山與流水，秋雲和冬晴。未得君子配，徒懷美人心。
風霜來敵我，歲月嚴相侵。天妒我驕顏，一旦落幽冥。
輾轉紅塵中，空聞嘆息聲。世上有情人，庶幾保前盟。
阿嬌千金賦，文君白頭吟。班妃團扇歌，甄后塘上行。
千古同一嘆，哀歌與誰聽。雖有抱柱信，命比鵝毛輕。
縱留香一點，明年誰來尋。

2007年4，5月間於凡居

清平樂・水仙

靜如處子，峭立霜天裡。
不要春風吹暖水，蜂蝶原非知己。
綠衣黃袖風姿，吟雲頌月情思。
眼角三分輕怨，女兒心事誰知。

2007年7月間於凡居

臨江仙・十里晚雲

十里晚雲湖半頃，青山四面如圍。
行人休問幾時歸。待得明月上，床頭照相思。
故國向來勤入夢，江南草長鶯飛。
園中今夜苦芳菲。遙聞飛雁叫，疑是奏橫吹。

2007年8月間於凡居

七律・中秋

去國十年老境生，一心只想取功名。
遠山望處夕陽盡，暮鳥歸時晚鐘興。
花謝花開無所謂，月圓月破不關情。
如何今夜心波動，月色枝頭分外明。

2007年中秋於凡居

玉樓春・登高

滿城暮色孤鴻唳，長嘯登高舒鬱氣。
山中紅藥徒含羞，天外流霞空獻媚。
如何忘卻愁心事，招得嫦娥來問對。
與其騎鶴上揚州，不若人間千日醉。

2007年10月底於凡居

七律・賀朋友新居落成

遠看青山近看城，白雲繞宅蕩胸生。
朝霞晚照微風動，秋月春花野鳥鳴。
前院插柳以養性，後門種豆可修行。
良辰美景掃三徑，莫負此間好客情。

2007年11月於凡居

滿江紅・急雨狂風

急雨狂風，卷不走、中心寂寞。澆不滅、一腔愁緒，滿懷蕭索。往日豪情空自許，如今失意無人覺。十數年、落得一身傷，誰的錯。

風雨後，空枝落。斜陽裡，青山約。看狼藉在水、亂紅填壑。雲外頻傳失伴雁，院中時奏思鄉樂。到何時、心願始能酬，衝天鶴。

2007年12月底於凡居

青玉案・連番陣雨

連番陣雨漲秋意，凝望處青山媚。野鶴閒雲芳草翠。
舊年心願，新年心事，只付鷺知會。

牆頭樓外斜陽醉。明月偏能惹情思。故國山川知何地？
門前流水，城中弦吹，遊子傷心淚。

2008年2月於凡居

水龍吟・元宵

春節過後元宵，依稀萬里聞鞭炮。舊年此刻，月兒初上，春風新到。彩隊遊街，行人踩道，琉璃高吊。攜兩三故友，略施微醉，揭謎語，博一笑。

海外風光無異，上危樓、憑高長眺。急收暮雨，天清月白，蛩鳴蟲叫。四處悄然，低吟水調，相思顛倒。又如何、夢裡尋它百度，可憐無覺。

2008年元宵於凡居

七律·窮秋

瀝瀝秋聲在樹間，星河耿耿落霜天。
黃花紅葉鄉思墜，白日青天鳥陣懸。
信美山川馳萬里，知非人事累十年。
功名利祿何足戀，滄海轉頭又變田。

2008年5月於凡居

七律・無題

今世無緣望海天，相逢是夢應開顏。
停杯不語唉聲遠，執手相看淚眼斑。
無賴西風催木葉，多情明月照人寰。
君心何似東流水，萬喚千呼不肯還。

2008年7月於凡居

七絕・武夷九曲

夏雨初收鬧曲江，含羞玉女起嚴妝。
柔腸九轉情心動，只願今夕夢大王。

七絕・過武夷山

神秀鍾靈哪洞天，奇峰異壑列雲巔。
山行一路何由醉，流水人家罩野煙。

2008年8月於凡居

七律・湖上出遊

秋光半老似徐娘，湖上蕭蕭木葉揚。
荷葉半潭剪綠裙，蓮花兩個補紅妝。
往來水鳥輕聲喚，搖曳黃花遍地香。
最愛小兒無煩惱，且歌且舞度斜陽。

2009年4月於凡居

雜詩

孤雁不成行，孤木不成林。流宕在他鄉，良友最難尋。夜半聞雞叫，
誰共舞中庭。日暮聽鹿鳴，誰對鼓弦琴。善交如管鮑，不惜分賈金。
相知似范張，千里雞黍心。春來寒窗下，紅梅出重陰。欲寄遠方人，
但恨隔商參。荏苒老將至，君子憂何深。徒有高山志，但苦無知音。
世路今已慣，何懼風雨侵。閒來掃三徑，再把粱父吟。

2009年8月於凡居

註：《詩經・小雅・鹿鳴》

七律・湖邊日出

東方未曉明星爛，冷冷燈光浸水中。
神女風流揮舞袖，羲和奮力引螭龍。
人聲鳥語游魚躍，影動舟行遠處鐘。
誰道烏雲能蔽日，陰晴世事古今同。

2010年2月於新凡居

清平樂・過年

連天夜雨，山遠煙含樹。
潤草嬌花新綠舉，北雁失群孤旅。
難尋最是家園，夢中又到跟前。
濁酒一杯在手，閒閒過卻年關。

2010年春節於新凡居

雜詩

世路多崎嶇，人生苦飄零。極目登高處，白雲何亭亭。
所懷在北方，遠隔重山青。西頭斜陽沒，東頭明月升。
年年不稱意，欲把紅塵輕。香草與美人，只合空谷生。
陽春和白雪，自來寡和聲。憂傷令人老，白頭何須驚。
行樂須及早，虛名莫要爭。魂夢到天街，燈火似有情。
醒來空一物，鬱鬱滿天星。

2010年元宵於新凡居

唐多令・別後故衣

別後故衣肥，那人恨不知。任相思、爬滿雙眉。
窗外霜風驚曉夢，年少事，不能追。

倦鳥占空枝，寒山照冷池。算年年、最怕芳菲。
欲把別情來細述，等不得，雁歸時。

2010年7月18日於新凡居

七律・門前老樹

門前老樹不知名，半面枯枝半面青。
天棄不材無所用，胸懷奇志有誰聽。
風吹日曬身體皺，春去秋來歲月停。
鸚鵡偶然來做客，輕聲細語話曾經。

2011年3月於新凡居

雜詩

獨坐天地間，感覺如塵埃。日沒大海上，鷺鷺相往來。
微風起細浪，悠然蕩我懷。世人多不智，只知聚錢財。
富貴豈能久，轉眼成土灰。人生是為何，我意常徘徊。
仰觀星辰列，俯看山河開。真道豈無情，用心可栽培。

2011年8月於新凡居

五律・十五年

平淡催人老，親朋日見疏。
一心兒女事，兩腳世俗途。
風雨寧無懼，神恩盡有餘。
問君深夜裡，有否悔當初。

2011年11月26日於新凡居

西江月・天氣陰晴

天氣陰晴不定，心情愛怨無憑。
天邊雲外雁高鳴，請問那邊風景。
客裡行人漸老，夢中心事難成。
春花秋月伴今生，遙看星河耿耿。

2011年底於新凡居

七律・無題

橋下涓涓細水流，鬢間點點白髮游。
少年有志常慷慨，老大無成每愧羞。
夢領千軍平國難，身懸海外憫民憂。
忽聞稚女柔聲喚，盡把雄心放一頭。

2012年4月於新凡居

註：前些日子，妻忽然發現我頭上有了白髮。感嘆之餘寫了這首詩。所謂「牢騷半生無所成，眼看衰年在眼前。」

仿楚辭體．嚴霜

念皇天之不憫兮，降連月之嚴霜。看雲色之蕭瑟兮，聽木葉之飛揚。
覓杜若於芳洲兮，掘其根已枯黃。呼鳳凰之渡南兮，惜兩翼皆摧傷。
登高岡而長望兮，恨美人之見忘。孔子厄於陳蔡兮，屈原自沉於江。
問吾心何惆悵兮，嘆世道之無常。獨步中庭眾星稀兮，覺霜氣之漸強。

2012年8月於新凡居

漁家傲・懶散春風

懶散春風微雨作，落花簾外驚雲雀。
最苦相思無著落。誰的錯，情人心事難猜度。

人到中年知寂寞，今生無奈多漂泊。
夜半無眠逃上閣。新月約，依稀照我人如削。

2012年11月於新凡居

念奴嬌・四十（再用東坡原韻）

蛟龍落水，一身泥、誰認池中神物。豎子每能成大業，怪事咄咄書壁。鶴唳風聲，楚歌四面，遍地茫茫雪。可憐埋盡，古今多少豪傑。

易老憂憤人生，晚涼天氣，昨夜秋風發。莫做楚囚相對泣，世事有時生滅。四十才過，尚餘半輩，頭上猶青髮。無需煩惱，今夕且看圓月。

2013年元宵於新凡居

七律・堪京春思

嫣紅奼紫滿堪城，久客遊子意不平。
彩蝶翻飛春似錦，高樓遠望淚如傾。
靜聽天籟思來世，獨對孤燈想舊行。
人到中年多苦惱，沉吟心事到天明。

2013年9月

雜詩

十五十六月，照我獨行人。岐嶇世間路，隨月起悲欣。欣時月照天，悲時月蔽雲。人生如大夢，亦幻亦似真。真情雖足貴，幻影總隨身。花開與花落，盛衰豈有因。長夜己三更，月斜邈星辰。中心何惶惶，俯首求問神。

2013年中秋

註：父親病重住院，生死不明。母親隨侍在旁，我也時常前往陪伴。恰逢中秋，來往醫院路上，只見圓月當空，又時而為烏雲所蔽。心中惶惶不安，不知吉凶如何。當團圓日，卻遭此變，如何不痛，如何不苦。唯嘆人生虛幻，人力可憐。祈求上主可憐我等的苦痛！不久父親竟長辭此世，痛哉，哀哉！

七律・清明

秋雨連天臥不寧，花開北國正清明。
心中想念何能淡，夢裡顏容己不清。
有志可憐遭暴世，有才不得取功名。
他鄉埋骨能無悔，三尺新墳寸草生。

2014年清明

七律・鳳凰

投林百鳥樂悠悠，鳳在高崗獨自愁。
直上青天明月落，俯觀碧海稚陽浮。
幾聲號喉山空應，數度徘徊水但流。
毛羽見疏心漸老，人間又是一年秋。

2014年8月於新凡居

南鄉子・今世欲何求

今世欲何求?寶馬輕車萬戶候?
天下有誰知我者?心憂。夜雨難消萬古愁。
慾海溺九州。滿目衣冠俱楚猴。
豈有聖人新道德?休休。書劍無成老上頭。

2014年11月於新凡居

五律・除夕

登高而望遠，不可見鄉關。
雨斷千山外，雲隔大海間。
君前雙淚墜，夢裡半身還。
錦裡人云樂，今生不悔顏。

2014年除夕

山坡羊・羊年春節懷舊

春風輕漾，黃鶯高唱，千山萬水相思蕩。
看東窗，臘梅芳，同窗故舊應無恙。
回首那年心事敞，吃、也豪爽，喝、也豪爽。

2015年春節

唐多令・二十年同學聚會

掰手算歸期，心慌誰得知。
二十年、重聚華師。
夏雨麗娃無恙否？曾記否，少年時。
往事不能追，故人切莫悲。
這人生、短聚長離。
若似雲間黃鶴，十萬里，也能歸。

2015年7月17日

太常引・如今一夢

如今一夢也難求，無奈上西樓。冷月不知愁，偏照著、相思樹頭。
長空無限，何時再見，欲卜更無由。往事可堪留？清光下、幽幽水流。

2015年7月18日

篙裡行

央央大中國，人命賤如棉。豺狼據要津，唯利是所歡。大言而不慚，防民似防川。巍巍大津門，新鬼沒草間。善哭杞粱妻，城頭為之殘。號泣斷腸婦，獨子已成煙。悠悠天下心，何故竟不安。行樂當及時，招魂待來年。擊壺以長歌，淚下如湧泉。

2015年8月20日

註：天津大爆炸後做。

詠懷

鬱氣滿天地兮，做長嘯於蘇門。廣陵成絕響兮，悲世道之暗昏。
長車逢歧路兮，之何處可問津。欲扶搖而上兮，恨羅網之纏身。
木葉下洞庭兮，黃雲動而曛曛。風雨打城池兮，絳英落而紛紛。
余本性情人兮，能不悲秋而傷春。鬱鬱縱不得兮，豈自堪於沉淪。
唯人世無常兮，可問卜於崑崙？

2015年11月

七律・無題

驟雨梧桐打葉聲，無端擾夢意難平。
天南地北吾身老，春去秋來壯志傾。
興廢千載誰做主，乾坤萬里自留名。
人生莫道多磨難，天降斯人必有情。

2016年2月

五絕・無題

山邊遺曉月，天際抹紅霞。
昨夜園中菜，新開幾個花。

2016年3月

媽媽的苦痛

滿城吹寒葉，秋空堆慘雲。舊墳未三年，邊上添新墳。我命何其苦，
白頭送親人。我痛何其多，晝夜把淚吞。纏繞在心頭，輾轉到凌晨。
嗚呼與哀哉，人命賤如塵。逝者已已矣，生者猶苟存。朝花而夕落，
生死何足論。如何竟能忘，終日求告神。

2016年5月

雜詩

菊生東牆下，紅白各芬芳。本性耿且直，非為傲秋霜。
不愛金張館，願上君子堂。俗士多談利，君子在何方。
常感時不待，不復舊容光。遙遙對秋月，每每自神傷。

2016年5月

五律・詠廈大芙蓉湖

鷺島東南秀，明珠綴港中。
紅花壓鳳木，綠影入芙蓉。
蟬奏晴光曲，潮生碧海風。
逍遙枝上鳥，不羨井中龍。

2016年7月

註：紅花即廈門市花鳳凰花也。

水調歌頭・殘夜生急雨

殘夜生急雨，寒露掛空枝。如今世路已慣，不復惹愁思。舉目雲湧風起，轉眼晴空俊朗，變幻似局棋。遙看青山在，不改舊容姿。

對夕照，只孤坐，到何時。年來多故，心事何必告人知。我欲平心靜氣，只恨蒼天不許，每每亂所為。起去閉門戶，不肯月來窺。

2016年8月

五絕・桃花

雨罷桃花分外香，淡紅淺綠秀新妝。
清風何故吹裙襬，蕩漾春心哪處藏。

註：院中有一桃，春來怒放，分外嬌媚。

2016年10月

念奴嬌・再和東坡原韻

經年去國，可曾忘、故國人情風物。綠水青山常入夢，換做閒愁書壁。細雨江南，微風柳葉，落絮如飛雪。當年輕慢，是非天下英傑。

近日偏愛無為，倚欄還望，天際紅霞發。江海閒居棲釣處，哪管王朝興滅。弄點山花，種些野菜，聽任生華髮。今宵無事，何如舉酒觴月。

2017年2月

五絕・無題

幽人愁永夜，冷月照清霜。
世事難如意，所懷在遠方。

2017年6月

桃源憶故人・麗娃晨起漫步

麗娃河傍通幽處，黃鳥嘰喳來去。
淡抹薔薇輕訴，意在青荷露。

春光無異人心暮，愁似綿綿柳絮。
若得相思如故，老卻何足懼。

2017年5月於師大

七律・無題

學劍學書俱不成，悄然老去漸愁生。
英傑自古多磨難，豎子從來易顯名。
戶外青山掩暮色，門前落照罩孤城。
冬寒未了枝先綠，試問餘生尚可爭？

2017年8月

七律・讀《軟埋》有感

廬名且忍真能忍，堂號三知豈自知？
功狗竟然遭軟埋，善人幸可保全屍。
財分妾占何足痛，家破人亡不敢悲。
失憶人生才好過，埋名隱姓怕了誰？

2017年8月

十六字令・春

春，南國鶯飛草色新。花叢裡，人醉忘思君。

2017年9月25日

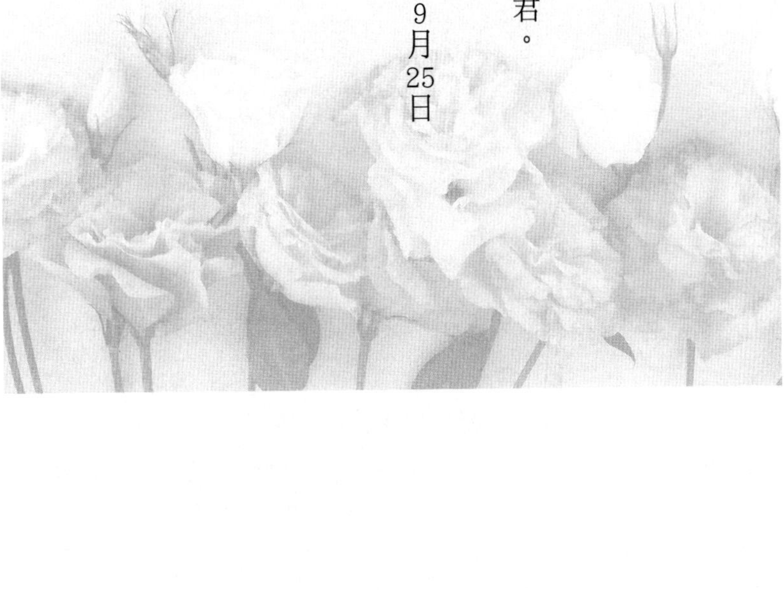

採桑子・早起有懷

初雲天際已紅透，柳動風吹。
幾個鶯兒，淺唱低吟訴別離。
悄然老去相思阻，夢裡依稀。
稚女無知，為我一一數白絲。

2017年12月9日

七絕・農家初夏雨後

樹色蒼蒼新雨後，枇杷黃透杏兒青。
豆花叢裡游蝶戲，萵苣尖頭玉露停。

2017年12月3日

註：這些年，後院也種了些瓜果蔬菜。雖不可自足，也足自樂。農家景色，城中人幾個能體會。

鷓鴣天．記夢

忽憶輕薄年少時，不知何物是相思。
薔薇柳岸高飛雁，盡可唐突強入詞。

花又謝，歲已移。天涯已慣影相隨。
前塵往事東流水，昨夜無端夢到誰？

2018年2月

滿江紅・讀史有感

赤縣黎民，叩首罷、三呼萬歲。高聲贊、人民領袖，雄才偉帝。四海昇平敲鼓鑼，八方來朝給恩賜。越明年、天下俱歸心，中心醉。

黃粱夢，真美麗。老百姓，皆沉睡。看神州大地、逐名爭利。群小巧言工諂媚，不仁暴慢居高位。哪管它、死後水滔天，家園碎。

2018年3月9日

七律・寂夜突聞

寂夜突聞細雨聲，驚醒惆悵滿懷生。
光陰似水空虛擲，富貴如雲不可爭。
憂患人生能無懼，崎嶇世路恨難行。
東方既白喧群鳥，唯有清菊慰我情。

2018年5月5日

國家圖書館出版品預行編目資料

不識愁與識盡愁集 / 智圓著. -- 初版. -- 臺北市：博客思, 2019.1
面； 公分. -- (當代詩大系；18)
ISBN 978-986-96710-9-5(平裝)

851.486　　107016680

當代詩大系 18

不識愁與識盡愁集

作　　者：智圓
編　　輯：沈彥伶
美　　編：沈彥伶
封面設計：塗宇樵
出 版 者：博客思出版事業網
發　　行：博客思出版事業網
地　　址：台北市中正區重慶南路1段121號8樓之14
電　　話：(02)2331-1675或(02)2331-1691
傳　　真：(02)2382-6225
E—MAIL：books5w@gmail.com或books5w@yahoo.com.tw
網路書店：http://bookstv.com.tw/　http://store.pchome.com.tw/yesbooks/
博客來網路書店、博客思網路書店
三民書局、金石堂書店
總 經 銷：聯合發行股份有限公司
電　　話：(02) 2917-8022　傳 真：(02) 2915-7212
劃撥戶名：蘭臺出版社　帳號：18995335
香港代理：香港聯合零售有限公司
地　　址：香港新界大蒲汀麗路36號中華商務印刷大樓
C&C Building, 36,Ting, Lai, Road, Tai,Po, New,Territories
電　　話：(852)2150-2100　傳真：(852)2356-0735
經　　銷：廈門外圖集團有限公司
地　　址：廈門市湖里區悅華路8號4樓
電　　話：86-592-2230177　傳 真：86-592-5365089
出版日期：2019年1月 初版
定　　價：新臺幣280元整（平裝）
ISBN：978-986-96710-9-5